영혼의 숨결이 머무는 곳

시와함께 시인선 024

영혼의 숨결이 머무는 곳

김도연 제3시집

시와함께 넓은마루

| 시인의 말 |

이콘 작가의 기도

내적 침묵 안에서
당신의 무한한 신비로움을
드러낼 수 있게 하시고
말씀을 그림으로 쓰게 하사
풍성한 은총의 도구가 되니
숨어계신 하느님을 만나
세속에서 영속으로 들어가는
문이 되어주시니 감사드립니다
주님께서 남겨주신 형상에 따라
당신께로 건너가는 영원을 향한
문은 세상의 넓은 문과 달라
명상 속에서 당신을 바라보며
당신께서 들려주시는 말씀에 귀 기울이면
자신의 생각을 비우고

오로지 주님의 뜻을 따라
성령의 빛으로 함께 하십니다

빛 가운데 계시는 영원한 하느님
불변의 신성한 금빛으로
당신의 영원을 표현하나이다
하느님의 현존과 천상의 아름다운 금빛!
모든 것이 빛 속에 머물러
그림자는 존재할 수 없는 하느님 나라
나의 생각을 내려놓고 주어진 사명에 충실하여
당신의 형상과 마주 대하리라

날마다 촛불 밝혀 기도하며
현존하시는 당신을 만나며
청원과 감사로 두 손 모아 기도 올리니
당신의 마음이 되어 이웃과 만물을

당신의 눈으로 긍휼히 여기게 하소서

늘 경외심과 겸손 안에서 온 마음 다하여
당신을 드러내는 일 오로지 자신을 비워야
비로소 성령께서 역사하시는 은혜를 잊지 말게 하소서

나의 손에 잡은 붓 위에 함께 하시기를
부족한 저를 도구로 삼아
성령께서 역사하시는 은총에 감사드리며
끊임없이 나를 비워내어 새로운 그분의 힘으로
채워주시는 은총 가운데 다시 시작하는 힘을 주사
하느님의 영광을 위하여
오늘도 최선을 다하여 기도하고 노력하리니
성령의 불꽃이여 저를 태우소서

2022년 11월 성체조배를 하면서, 김도연

삼위일체 28x36cm 목판에 에그 템페라

| 차례 |

제2부 믿는 자는 복되다

제3부 십자가의 길

제4부 영혼의 빛을 찾아서

제1부

주님의 눈으로

수난 32x48cm 목판에 에그 템페라

주님의 소명 따라

구름이 흐르는 곳
속인은 모르듯이
부르심을 따르는 목자가 되어
저 구름 따라 흘러가는 곳

가시는 걸음마다 주님 사랑 전하려고
촌음을 아낌없이 우리 구원 도우셨네

오직 하나
사랑으로 십자가 길을 향해
평생토록 몸 바친 당신 사랑 펼치셨네

기도와 봉사 희생
영원한 빛 우리 사제
은총 가득 축복 가득
대 사제 되오소서

영원한 도움의 성모님 20x24cm 목판에 에그 템페라

소명

십자가의 성바오로*
고난의 신비 가르침 본받아
주님을 또다시 못 박지 않도록
주님만 바라봅니다

아프고 슬프고 외로워서
고통의 바다에 빠질지라도
사랑의 십자가를 짊어지고
골고다 언덕을 오르신 예수님의
고난의 그 길 생각하며
내 삶이 고달파도 마다하지 않겠습니다

긴 밤을 지새우게 하는
걱정과 근심 많아도
나의 십자가 은총이라 여기며
타인의 십자가를 바라보면서
이해하고 용서하며 믿음으로 살게 하소서

우리의 죄를 대속하신
주님의 가없는 사랑 생각하며
성모님 보호의 품안에서
진정한 신앙인의 삶이 무엇인지
기도와 말씀으로 깨달음을 주시옵소서

젊은 나이에 골고다의 언덕을 오르신
우리 주님의 은총으로
깊은 바다 속에서 죽을 수밖에 없지만
나를 생명의 길로 인도해주신
그 은혜에 감사하며
말씀을 묵상하는 일상이 되게 하소서

*예수고난회 수도원 창립자

수도원의 하루

한파를 뚫고
세속에서 벗어나
따사로운 아버지의 집으로 달려갑니다
온종일 말씀과 기도로 담고
기쁨과 감사를 담게 하십니다
세상사는 일들이 무서웠는데
나를 지켜주시는 주님만 바라보니
오늘은 무섭지가 않습니다

설날 미사에 조상님들
미사 예물 봉헌하고
우리 가정 감사미사 예물 봉헌하니
눈물 나도록 기쁘고 감사합니다
다음 달을 기약하며
헤어지는 얼굴들이 빛납니다
만날 땐 굳어 있던 얼굴들을
천진한 아이로 만드시니
하느님의 사랑이 무한하시네

복자 도미니코 바르베리 40x50cm 목판에 에그 템페라

성탄절에

한 해 동안 누려온
모든 것들에 감사드리며
저를 위해 함께 울고 웃어준
모든 친구들의 사랑과 배려에
정녕 고마움을 느끼며
기쁘게 대림환을 장식합니다

일년 동안 당신만 바라보며
맺힌 눈물
밝혀둔 대림초의 따스한 빛으로
깨끗이 마르게 하소서

빛으로 오신 주님 안에서
힘을 받고 용기를 가지고
저 또한 빛이 되어
재림하는 주님을 영접하기를 바라며
시작도 끝도 없이 영원한 하느님

새로운 생명으로 탄생되기를 바랍니다

천상의 소리로 들려오는 캐롤송
사랑과 은총의 크리스마스
더욱 행복한 마음으로
마지막 대림초를 바라보게 하소서
한 주씩 켜지는 촛불 앞에서
기쁜 마음으로 두 손 모아
기다린 마음들이 타오르는 불빛처럼
당신의 사랑으로 감싸 안게 하소서

이 기쁨이 언제까지나
빛과 함께 웃음소리 속에서
새해를 밝히길 기도합니다

기쁨과 즐거움이 장식된 트리에
모두에게 은총의 크리스마스

하늘에는 영광 땅에는 평화
함께 라서 행복합니다
다시 한번 메리 크리스마스

성가정 26x34cm 목판에 에그 템페라

사순시기에

우리 죄 대속하신 예수님
십자가의 수난을 묵상하며
구원의 은총을 주셨으니
나의 맘 정결케 씻어주소서

세속의 유혹일랑 끊게 하시고
마음을 새롭게 하여 뉘우치오니
자비로 이 죄인을 용서하시고
거룩한 당신 뜻을 알게 하소서

세상과 손을 잡고
교만과 욕심 다 버리게 하시고
당신의 수난 공로 잊지 않도록
간절히 눈물로 기도하오니
사랑의 마음으로 채워주소서

나를 택하사 주님의 자녀로 살게 하신

십자가의 길은 고난의 연속이지만
기쁨의 사순시기 되게 하시고
다함께 알렐루야 주님을 찬양하게 하소서

거룩한 당신 사랑을 베풀어주시니
구원의 십자가로 살게 하신 길마다 빛이 됩니다
날마다 감사하며 봉사하며 기도하면서
영원히 당신의 뜻을 따라 가리다

마음의 약속

비운다는 것이 쉽지만 않아
내일부터는 꼭 그리 살리라
오늘도 비워야 함을 알면서도
행하지 못하는 죄인이 되어
다시 회개하고 용서를 빕니다
이제부터 주님의 말씀으로 살리라
십자가 앞에서 다짐하는 순간
어둡던 세상이 환해집니다

카스피해의 성모 16x19cm 목판에 에그 템페라

마지막 기도

그분의 뜻을 헤아릴 수 없어도
슬퍼 말고 낙심하지 말아야 한다

그분의 사랑을 믿기에
내 기도가 부족하여도
사랑의 주님은 함께 해주십니다

십자가의 길을 마다하지 않으신
주님의 은혜를 생각하면
절망적인 일 일어나도 두렵지 않습니다

늘 마지막이라며 애절한 기도가 거듭되어도
늘 내 손을 잡으며 들어주시는 주님

주님 나라 가는 날
잘했다 칭찬받을 수 있는
그날을 기억하며 빛된 삶을 살게 하소서

성녀 칸디다 20x26cm 목판에 에그 템페라

사순절에

해마다 다시 맞는
은총의 사순절
또 다시 내게 펼쳐질
험난한 인생의 광야 두려울 것 없다

벗어나려 애쓰면
더욱 옭아매는 인간의 굴레
허다한 유혹에 빠져 허우적거리는
내 부끄러운 삶의 광야

요르단 강에서 세례 받으신
성령으로 가득찬 예수님
성령에 이끌려
황량한 유다 광야로 들어가시니

한낮엔 피할 곳 없는
땡볕의 메마른 갈증
밤엔 춥고 허기진

외롭고 쓸쓸한 광야에서도
불평불만 하신 적 없습니다

극심한 십자가 죽음의
고통을 미리 맛보시고
오로지 성령만으로 무장하시고
40일간의 대피정을 견디신 예수님

내 인생의 광야에서
또 다시 겪어야 할
갖은 고통과 시련 속에서도
주님 함께 하시니
낙심과 절망을 모릅니다

주님께서 짊어지신 십자가의 고통
함께 하는 영광이라 여기며
기쁘게 부활을 기다리며
감사하는 일상입니다

주님의 눈으로

나의 기준으로 판단하지 않고
당신의 뜻대로 이루소서
실패로 좌절하기도 하지만
잠시 지나가는 바람이라며
당신과 함께 고난을 이겨냅니다
일찍이 주님께서 택하사
나의 그릇된 일들마저 책임져주시며
날마다 새롭게 살라고 정화시켜주시니
당신의 사랑이 얼마나 거룩한지
당신의 인도하심과 사랑으로 살아갑니다

세례자요한 20x26cm 목판에 에그 템페라

분노가 가슴에 일더라도

하느님을 모르는 자들
나의 진실을 외면해도
우리 주님 동행하시니
상처받은 마음 위로받습니다

순수를 추구하며
주님의 이름으로 살고자 하지만
악의 무리들이 득실거리며
자꾸만 마음을 상하게 합니다

좋은 생각과 아름다운 세상을 꿈꾸며
순결한 미소로 즐겁게
살아가고자 애쓰지만
모두에게 기쁨이고 희망을 주는
사랑스런 사람이 되지 못하도록
방해가 많습니다

아무리 살기 어렵더라도
마음만은 올바르게 가지고 살아야 하는 것
나의 진실한 마음이 구겨질 때마다
주님의 이름으로 당당해지고 싶습니다

남은 생애 주님만 바라보려 합니다
험한 세상에서 나를 건져주시는 하느님
말씀과 기도로 이 고달픈 세상을
거뜬히 이길 수 있는 힘을 주시옵소서

내 앞길 캄캄해도

어둔 곳에 있으면
밝은 길을 마련해주시는 주님
세상보다 주님만을 바라보며
믿음의 딸로 살게 하소서

주께서는 사랑을 실천하고
목숨까지 내어주신 사랑의 은총
날마다 묵상하며
잠시 잠깐 살다 갈 이 세상에 연연하여
주께서 가르쳐주신 사랑의 대속을 잊지 말게 하소서

하나를 잃었다고 슬퍼하면
더 많은 것을 잃게 되니
인생의 비싼 수업료라 생각하고
더 이상 슬퍼 말게 하옵소서

하느님 사랑으로 지금까지 살아온

그 무엇도 나를 떼어놓을 수 없는 것은
하느님께서 사랑하는 자녀로 삼아주셨으니
거룩한 희생의 제사 덕분이 아니겠습니까

보잘 것 없는 한 생명마저
그냥 지나치지 않으시는 주님
나의 수난이 십자가의 신비를
빛나게 해주심을 믿습니다

나의 길을 빛으로 인도하시는
사랑하는 주님의 자녀로만 살기를 원합니다
날마다 주님의 영광을 나타내며
언행이 일치하는 믿음으로 살게 하소서
사랑하는 아들도 아낌없이 내어주신
당신의 사랑을 느껴
우리를 살리는 당신과 일치하기를
기도하며 살게 하소서

기도와 눈물

두 손을 모으고 눈물로 애원해요
두렵고 슬픈 시간도 기도로 지나갑니다

지금 이 순간 견디는 일이
너무나 괴롭고 외로워도
후회하지 않는 삶을 위해
말없이 봉헌하며 꿋꿋이 이겨 나갑니다

저 높은 곳에서 내 기도 들으시고
내 고통 내 짐을 다 맡아주시고
새 힘과 용기를 주시는 나의 주님

나 이제 두렵지도 슬프지도 않아요
오로지 주님만 바라보며 힘차게 달려갑니다
나의 등 뒤에서 날 지켜주시고
흐르는 내 눈물 닦아주시니
오늘도 당신 앞에 감사하며 엎드리나이다

성자를 안은 옥좌의 성모님 26x34cm 목판에 에그 템페라

성 이냐시오 로욜라* 축일에

사랑의 하느님을 떠올리며
고통을 받아들이고 회심하여
성 이냐시오 로욜라 사제의 영성을 본받자

내게 고통을 주고
억울한 누명을 씌울지라도
주님 십자가의 고통과 비교하랴

한낱 겨자씨만한 삶을 사는
나의 존재는 잊어버리고
모든 것이 주님의 것이오니

온전히 주님께서 주관하셔서
오로지 주님의 은총과 사랑만을 허락하소서
평화 가득한 미소로 살아가게 하소서

*7/31 성 이냐시오 로욜라 사제기념일에

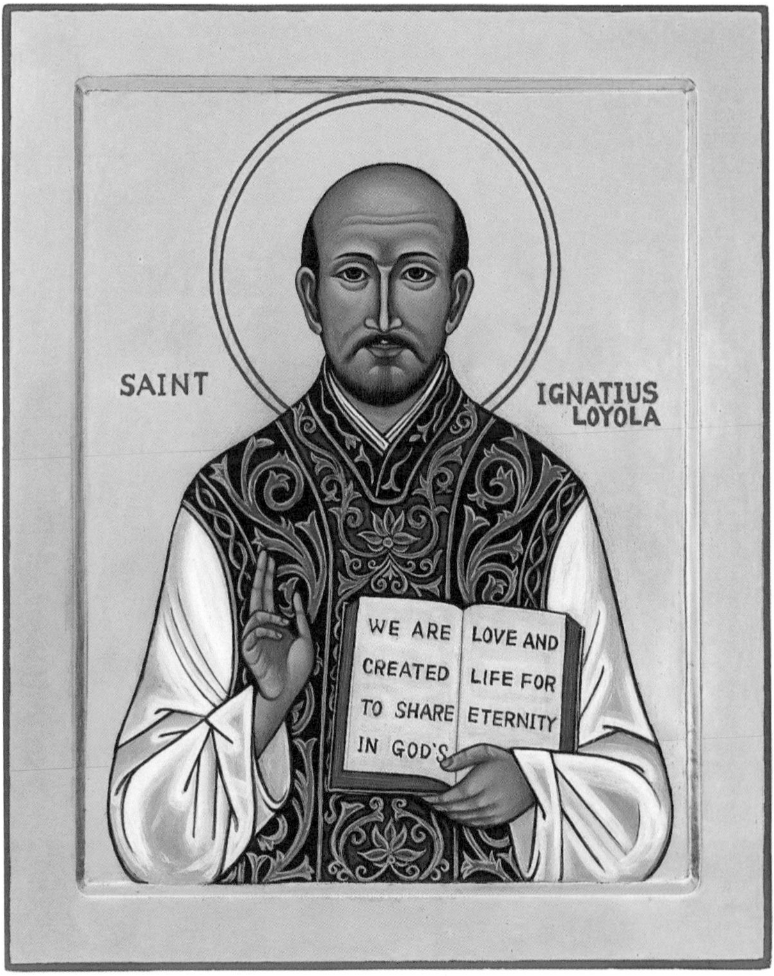

성 이냐시오 로욜라 44x53cm 목판에 에그 템페라

거룩한 기도

하느님 주신 일에
사명감을 갖고
매 순간마다 소홀함 없는 시간들은
순종과 거룩함뿐입니다

두 손을 모으고 기도소리 잦아드는
낮과 밤은 즐겁고 평화로워
성령님이 함께 하심을
은총이라 여기며 감사드립니다

항상 기도하십시오
쉬지 말고 기도하십시오
기도하지 않는 영혼은
거룩함을 잃어버려
하늘나라를 볼 수 없습니다

늘 기도로 노래하고

기도로 그림을 그리고
눈물로 간절히 기도합니다

하느님의 영이 우리에게
부여한 거룩함이
다른 이들까지 거룩하기를
말씀과 기도가 일상입니다

일상의 기도

아프고 피곤할 때 용기를 주시고
괴롭고 외로울 때 소망을 주시니
주님의 이름으로 고맙습니다

사랑해준 사람도
미워한 사람도 감사하며
평범한 일상속의 모든 일이
고요히 지나감에 감사합니다

음악을 들을 수 있는 귀와
아름다움을 볼 수 있는 눈과
사랑의 속삭임을 말 할 수 있는 마음을
입술로 노래할 수 있으니 은혜롭습니다

내 맘에 들지 않아도 화내지 않고
남의 말을 먼저 들어주고
이해하고 덮어주게 하소서

힘들어도 외로워도
우리 주님 가신 길 생각하며
재능의 사명 주신 것을
소중히 여기며 감당케 하소서

모든 일에 주님을 앞서는 일 없도록
기다림의 지혜와 여유가 있어
깊이 생각하고 말하는 사람이 되어

이 세상의 여행을 마칠 때
주님 뵈올 날을 기대하며
바르게 준비하는 인생이 되게 하소서

그 분의 빛

나는 나약하여 힘이 없지만
그 분의 말씀과 기도로
따스한 은총의 옷을 입는다

보석보다 값진
사랑이라는 이름으로
서로에게 힘이 되게 하소서

우리의 뜻대로 살게 마시고
세상의 모든 사람들
그 분의 사랑으로 아름다운 영혼이게 하소서

길의 인도자이신 성모님 30x40cm 목판에 에그 템페라

하늘의 성모님

무한한 사랑으로 자신을 내어주고
우리를 위해 오롯이 모두 바치신
예수님의 거룩한 십자가 죽음아래
서러운 눈물 흘리신 어머니

시므온의 예언처럼 찢기어진 가슴으로
아드님 품에 안고 우셨지만
하느님의 뜻 순종하며
속으로 눈물 삼키셨네

부활하신 아드님 흰옷 입은 천사들로
어머님을 하늘에 올리셨네
빛나는 회관 씌워주시며
기쁨의 눈물 닦아주셨네
영원한 복을 누리시며 지켜주셨네

묵주의 기도(영광의 신비 제4단) 65x49.5cm 목판에 에그 템페라

순례자의 노래

고난의 신비는 얼마나 위대한지
이끄시는 당신의 깊은 섭리 헤아릴 길 없어라

우리의 잘못으로
넘어지고 깨어져 고통뿐일지라도
희망을 주시는 당신만을 따르렵니다

저의 못남을 탓하지 않으시고
포기하지 않고 날마다 가슴에 품어주시는 주님
함께 하심을 진실로 믿으며

주님의 영역을 벗어날 때마다
영적 훈련을 통해
주님의 두 손을 놓지 않도록 하소서

어떤 어려움이 닥쳤을 때
끊임없는 기도의 소리를 들어주시고

침묵과 인내로 최선을 다하게 하소서

제 삶의 모든 것
당신의 뜻 안에서
영혼의 빛따라 가렵니다

영혼의 빛을 찾아서

외로이 떨어지는 낙엽 하나
가슴에 지닌 추억 속에
자꾸만 흔들리고 맙니다

귓가에 스치는 바람 한 점에도
소스라치게 놀라며 두 눈이 커지는
그런 그리움이 사무쳐옵니다

그리움을 삭히지 못해
멍울이 커져가는 날
어디에나 묻어나는 추억의 편린들
어쩌지 못하고 서성이며 기도를 합니다

미련의 늪에서 방황하다
묵상하는 시간
그날들을 애써 잊으려 하면
더욱 다가오는 그리움은 형벌과 같습니다

그저 바라보며 행복을 비는
긴 기다림이 기댈 곳조차 없더라도
아득한 기억너머 한줄기 맑은
영혼의 빛 바라보며 굳세게 살겠습니다

제2부

믿는 자는 복되도다

성 요한 크리소스토모 75x60cm 목판에 에그 템페라

성지순례

- 남한산성

고요로 가득한 맑은 숲
아침 햇살이 황금빛으로 물든 곳
각지에서 모여든 어린 양들
신부님 강복 속에
마음이 천사 되어
새로 태어나는 순간

경건한 마음들이 하나가 되어
굳건한 믿음으로 순교하신
선조들의 피 흘린 성지에서
목숨을 내어놓고 증거한 신앙
오늘 두 손을 모으고 믿음을 배웁니다

기도와 찬미소리 드높이며
세상의 허울들 벗어던지고
은총의 새 옷으로 갈아입고서
사랑과 감사 가득한 미소로
맑은 마음 하나 되어 돌아옵니다

신부님*을 보내며

당신의 존재로
편안하고 행복했던 우리는
이별의 소식을 듣고
눈물이 글썽해집니다

삶이 힘들다면 위로해주시고
옳지 않은 일에 엄격하신
신부님 덕분에 기쁜 날들이었습니다

해박한 강론과 성서공부
그리고 봉사활동과 성지순례
함께 하는 시간이 길어질수록
더 가까워진 신부님이 떠나신다니
몹시 마음이 울적해집니다

좀 더 잘 해드릴 걸
좀 더 열심히 봉사할 걸

후회와 깨달음과 아쉬움이
몰려드는 순간 눈물이 앞을 가립니다
건강하고 바른 신앙의 모범되신 신부님
소명 받아 다른 곳으로 떠나신 후
기도하는 순간마다 신부님을 기억합니다

빛과 같은 신부님!
영육의 평화를 빌며
절두산 성모님께
장미의 로사리오를 바칩니다

어느 곳에서나
수많은 양들을 구해주시고
그동안의 업적과 수고를
주님의 은총으로 갚아주시리라
소망의 기도가 이어지고 있습니다

솔처럼 푸르른 신부님의 앞길에
주님의 축복과 사랑의 은총으로
우리의 소망인 대사제 되소서

*정연정 디모테오 신부님을 보내는 송별시

내 영혼의 노래

절대 용서할 수 없다고
울부짖는 내게
어느 날 들려주신 주님의 음성
용서할 수 있는 힘을 달라고
용서할 수 있게 해달라고
기도하라는 말씀이 마음을 울리네
구하지 못한 답을 주시니
마음은 비로소 눈물 걷혔네
너에게 있는 좋은 점을
나에게 있는 좋은 점을
서로 나눠주고 채워주면 되는데
이제야 깨달아 뉘우치니
용서할 수 없었던 건
어리석은 내 탓이었네
버리고 또 비우고
용서하고 기도하며
내 영혼 맑은 가락으로 노래하리

마르지 않는 잔의 성모 16x19cm 목판에 에그 템페라

세상 여행

가슴 밑바닥에서 솟구치는
신선하고 아름다운 감동의 물결
세상의 일들로 지치고 힘들기도 하지만
주님 동행하는 발자국이 보이지 않아
울부짖으며 원망하고 있을 때
주님의 음성이 들려왔습니다

나는 너를 위해 하루도 빠짐없이
지친 너를 등에 업고 걸었다고 말씀하셨다

혼자가 아닌 나임을 알게 하시며
곁에서 지켜주신 그 분의 사랑은
언제나 포근히 감싸주시면서
생명의 길로 인도해 주셨음을
뒤늦게 깨닫게 되었습니다
날마다 당신의 온도로 따뜻한 나날들
주님의 은총을 감사드립니다

신앙의 의심

보고 싶은 것만 보나요
듣고 싶은 것만 듣나요

하느님 도움 없이 한 순간도
온전치 못함을 깨닫지 못하면
그 어떤 것도 나아질 수 없지요

부활의 믿음과 성령님의 인도하심이 없다면
이 험악 고해에서 살아남을 수 있을까요

토마스처럼 의심을 버리고 믿어야 하지요
예수님이 나타나신 후 토마스는
하느님 저의 하느님 예수님의 신성을 고백하지요
그 어떤 제자도 하지 못한 고백이지요

예수님 부활에 대한 우리의 믿음도
의심을 딛고 일어선 믿음이겠지요
그래서 영원불변 주님뿐이시지요

주님의 뜻

주님의 말씀대로
믿음으로 산다는 것
어찌 이토록 힘들까요
세상의 인심은
대가를 구하지 않는 게 없고
아무 것도 아닌 것에
참혹한 대가를 치르는 일이 많습니다

세상에 속하지 않지만
사랑해야 하고
보이지 않는 길도
그 분의 길임을 알았을 때는
나아가야 하니까요

마음이 답답하고
슬픔과 아픔이 많아도
겉으로는 웃어야 하는 그런 날들

주님의 위로가 있기 때문에 참아냅니다
우리 주님 항상 은총을 베풀어주시옵소서

감사한 나의 삶 속에서

밤새 편하게 자고
일어난 이른 아침
따스한 나의 집에서
눈을 뜨고 세상을 바라볼 수 있어
너무나 은혜롭고 감사하여
눈물이 겹칩니다

날마다 새로운 날을
선물로 주시니
무엇을 더 바라오리까

건강한 몸을 허락해주셔서
맛있는 음식을 가족과 함께 먹을 수 있으니
주님의 은혜와 은총이라 생각합니다

하느님이 창조하신
세상의 아름다운 경치

신비롭기만 합니다

사랑하는 두 딸 주심에
사랑하는 친구를 주심에
마음을 나누게 하시니 감사합니다

오해

어느 날 갑자기
둘도 없는 친구가
혼자만의 짐작으로 내 곁을 떠나면서
어처구니없는 음해까지 하니
세상 사람들이 무서워집니다

자신만의 생각으로
진실한 친구를 버리고
나쁜 친구들과 어우러져
미워하며 곡해하여 아픔이 큽니다

좋은 세상에서 좋은 마음으로
사이좋게 지내지 못하고
자신이 뭘 잘못한 것도 모르는
사람들은 자신만의 생각이
다 옳다고 여기기 때문이 아닐까요

음해하는 사람들의 말만 믿고
절친한 친구를 힘들게 하는
악인들끼리 어울려
죄를 쌓는 것을 보며
참으로 안타까워 우울해집니다

억울한 오해를 받아 서운하지만
저의 머리카락 하나도 다 세고 계시는
주님의 관심과 사랑을 생각하며
그들을 위해 간절히 기도합니다
다시는 마음을 아프게 하지 못하도록
우리 주님 역사하여 주시옵소서

모든 것 버리니 주신 것들

영혼 없는 일들을 버리고
빛을 향해 걸어가게 하소서

이제는 책임과 의무의 옷은 벗어버리고
천사의 날개옷을 입고 자유롭게
살아갈 수 있도록 성령님이여 인도하소서

열심히 살아왔지만
얻은 것은 무엇이고 잃은 것은 무엇인지
주님이시여! 세상의 모든 것을
취하게 하신 것도 우리 주님 아니십니까

잠깐 살다 떠나야 할
이 세상에 매달려
헛된 일을 좇지 않도록
주님께서 허락하신 시간
낭비하지 않게 도와주소서
날마다 주님만 바라보게 하소서

침묵 20x26cm 목판에 에그 템페라

무관심의 죄인들

그는 그렇게 방황하다가
홀로 힘들고 아프게 살다가
괴로움과 슬픔에서 벗어나지 못하고
이 세상을 버리고 떠나버렸다
우리 모두 죄인들입니다
용서하시고 긍휼히 여기소서

인생이란

힘겹게 살아온 지나온 세월들
어느 누가 심판할 수 있을까마는
내 잘못 네 잘못 들추어 본들 부질없는데
분노를 참지 못하여
스스로 자멸하는 행위를 한다

억울타 말해도 달라지는 것은 없는데
내세울만한 그 무엇에 의미를 두는 것인지
자신이 책임져야 할 의무인 것을 망각한 것인지
이 세상에 존재하는 동안
혼자만의 정의가 통하지 않음도
우리는 깨달아야 아픔이 줄어들 것이다

빈손으로 왔다 가는 나그넷길
웃으며 사랑해도 짧기만 할 터
부족하여도 사랑하고 용서하면서
그 분의 뜻을 따라 마음을 다해야지

오 주여 당신 사랑으로

당신의 자비로
이 생명 지켜주시니
고통의 바다에서 건져주시고
무기력한 저를 일으켜 세웠습니다

당신의 사랑
당신의 십자가
이 괴로움 이기며
오로지 주님만 바라보게 하소서

성 소피아 20x26cm 목판에 에그 템페라

오상 영성원* 가던 날

늠름하고 우람한 소나무
기와집 처마 밑에 매달린 단감들
맑고 시원한 바람
세상을 창조하신 하느님께 감사드립니다

쌓아둔 장작더미와
앙상한 감나무에 남겨진 감 하나
까치밥으로 남겨두었는지

떨어진 감나무잎을 밟고 걸으며
우리 주님의 은혜를 생각합니다

눈까지 덮은 강아지가 꼬리를 흔들며
주인을 맞이하는 듯 좋아하고
예쁜 솔방울들을 주워 담으며
추억의 순간들을 영상으로 담습니다

곳곳마다 놓인 성물들
성스러운 기운이 감도는
거룩하고 복된 성지에서
신부님의 묘소 앞에서
경건하게 인사를 올립니다

우리는 사랑과 화합으로
평화의 인사가 정다웠던 미사시간
주님의 은총이라 여기며
이 작은 육신과 영혼
한없는 기쁨 속에 감사뿐입니다
샬롬

*강원도 양양에 있는 예수고난회 수도원

믿는 자는 복되다

보지 않고도
믿는 자는 복되다

하늘을 못 봤다고
하늘이 없다고 말할 수 있는가

어디로 가고 있는지도 모르는 채
심연의 끝을 헤매고 있는가

세상 모든 것이 헛되지만
세상에 연연하여 살아가는 우리들

보지 않아도 보이는 빛을 찾아
그 분께 가는 발걸음이 가볍다

비둘기의 성모 20x30cm 목판에 에그 템페라

주 안에 있으면

나만이 짝사랑인 줄 알았는데
주님께서 함께 하고 계셨네

아무도 없는 줄 알았는데
늘 곁에 계신 나의 주님

가진 것 없는 나에게
천국이 나의 것이라니

갈 곳 없는 막다른 길에서도
기도하면 열리는 하늘 문

막막한 세상 혼자인 줄 알았는데
알고 보니 주님 동행하고 있었네

어느 성탄 전야에

성탄 전야, 고난의 신비로 오신
아기예수님의 탄생을 축하하며
감사의 기도를 올립니다

내 마음속까지 꿰뚫어 보시는 주님은
잘하는 것도 없는 저에게
언제나 사랑으로 베풀어주시니
감사와 은총이라 여깁니다

오로지 주님만을 믿고
주님이 가신 그 길 따라 살고자
복자 도미니코 바르베리
뜻이 깊은 성화 작품을
성탄 전야에 수도원 관구장님께 전달하며
감사와 영광을 주님께 바칩니다
감사가 넘치는 성탄 전야
할렐루야 아멘

성화의 신비

이콘에서 비춰지는
신비의 빛
주님께서 나를 바라보시며
머물고 계신 것을 감사하네

은혜 중에도 고독한 마음
고요 속에 생각하니
이콘은
우리 주님을 만나는 길이었네

신비의 미를 느끼며
그저 바라보고만 있어도
절로 당신의 세계로
들어가게 되는 시간마다

그 분이 나와 함께 하심을
빛으로 알려주시니
그 모습 이콘으로 대신하시네

삼위일체 20x24cm 목판에 에그 템페라

기도

아픈 친구를 위해
위로의 기도가 되게 하시고

딸을 위한
엄마의 사랑이 지나치지 않게 하소서

미운 사람 용서하는 힘을 주시고
내 상처의 치유가 되게 하시옵소서

지친 삶 중에도
감사의 노래 되게 하시고

어지러운 이 세상
평화로운 낙원이 되게 하소서

다칠 때에도 당신 사랑이

많은 세월 곁눈질하지 않고
잘 견디어 오는 동안
하루도 쉬지 않고 종종걸음 치니
다리 다쳐 팔 다쳐 쉬게 하시는
주님의 사랑에 감사드립니다

상처 받아 아파하면
두 손으로 어루만져주시는 주님
멈추지 않고 달릴 때도
멈추게 해주시니 고맙습니다

언제나 사랑으로 지켜주시는 주님은
벼랑 끝에 서 있으면 날개를 달아
위험에서 건져주시는 놀라운 신비
묵상하는 이 아침
사순의 고통 함께 하는 영광으로
다친 두 손을 모으고 감사 기도 넘칩니다

제3부

십자가의 길

피에타 20x24cm 목판에 에그 템페라

첫 서약

주님의 부르심에
선택된 십자가의 길
화려한 세상 속에 물들지 않고
주님만 바라보게 하시니
참사랑의 의미를 깨달아갑니다
성무일도 묵주기도 힘들다고 생각한 것들이
이제는 아름다운 구속이 되고
나를 통해 주님의 빛을 세상에 비추려함은
세상에서 등불이 되라는 말씀으로 믿습니다

나의 머리카락 하나도 세고 계시는
자비로우신 하느님
잘못을 회개하면 용서해주시고
나를 지켜주시는 주님의 은총이 놀랍습니다

인간의 마음으로는 헤아릴 수가 없는
주님의 사랑이 어찌 이리 많은지

잃었다고 생각하고 슬퍼했던 날도 있었지만
알고 보니 더 많은 것을 주시기 위함이었습니다

너희는 세상의 빛이라고 하심은
나를 통하여 주님의 뜻을 전하라는
복음이란 것을 이제야 또다시 깨닫습니다

나의 십자가가 무겁게 느껴질 때도
이 또한 은총이라 생각하면
자신도 모르게 빛 속에서
웃고 있는 그날들이 보입니다

나의 갈 길

굶주림으로 심신이 미약하여도
올바른 진리의 옷을 입고
당신 빛 속으로 나아가리니
내 생명이 지워진다 하여도
막다른 곳으로 내몰린다 하여도
진실을 알리는 신문고가 되어
내 기도 들어주시는 구원의 하느님께
기쁨의 찬미 높여 부릅니다
당신의 이름으로
영원한 생명의 길로 인도하시니
당신의 세계가 신비롭기만 합니다

성녀 아녜스 16x19cm 목판에 에그 템페라

김수환 추기경님을 추모하며

십자가의 사랑을 몸소 행하신
주의 종 김수환 추기경님!
모든 삶을 세상에 내어주고
고난의 삶을 감당하시면서
몸소 사랑을 실천하신
십자가의 길이었습니다

머리에서 가슴으로 사랑을 이루기까지
칠십년이 걸렸다는 겸손의 그 말씀에
부끄러운 죄인 주님 앞에
설 수 있는 용기를 주셨습니다

안경 너머 두 눈엔
온화한 사랑이 넘치는 미소로
소외된 사람들에게 따사로운 손길
그동안 시시때때로 남기신 진리의 말씀
영혼의 약이 되어

모든 상처가 치유되는 계기가 되었습니다

힘든 삶 중에도 감사의 기도가 되고
영혼의 빛을 찾는 계기로
벼랑 끝에서도 용기를 잃지 않습니다

'비우고 버리고 나눌수록 행복하다'는
당신의 길 따라 고단한 몸일지라도
은총이 가득한 당신의 그늘 안에서
행복한 나날들은 모두 주님의 은총입니다

수도원에서

떠돌던 영혼들이
주님의 집에 모여
그 은혜 감사하여 찬미 노래한다

그리스도의 피흘림으로
죄 사함을 얻게 된 우리
해마다 기념하는 거룩한 절기
그 분의 희생과 죽으심으로
고난의 길도 마다하지 않고
주님의 뜻을 좇아 따라간다

영원한 생명을 주신 그 영광은
죽어도 영원히 살 수 있는 길
그리스도의 피로 세워진
파스카의 신비로
우리는 하느님 나라로 건너간다

성녀 젬마 22.5x30cm 목판에 에그 템페라

종신서원의 날에

감사의 수련기간 선물로 받은 오늘
애틋한 마음 모아 사랑의 주님을 위해
기쁜 성가를 부릅니다

허다한 잘못 돌아보지 않게
정결의 옷 입혀주시고
유혹에 여린 마음 굳세게 하시고
남의 허물 용서하게 하시고
이웃사랑 실천하여 봉사하게 하소서

제 영의 주인 되시는 주님
죄 짓는 자 따라가게 마시고
영안을 열어주시사
주님 뜻을 따라 순명하게 하소서

성바오로의 정신을 이어받아
세상의 십자가 무겁게 여기지 말고

우리의 죄를 대속하신

주님의 이름으로 승리하게 하소서

보이는 게 전부가 아닌데

물속에 감추인 거대함을 못 보고
보이는 빙산의 일각만 보고
마음대로 지껄이는 경솔한 사람들

겉으론 온갖 인격과 교양의 자락 걸치고
입으론 자신이 최고의 정답을 말하는 양
잘못인지도 모르고 떠드는 말들
인지하지 못한 잘못은 죄가 아닌가

세치 혀로 사람을
죽이고 살리기도 하므로
말 한마디도 조심해야 되는 것을

진실로 믿음 속에 산다면
함부로 남의 목숨 갖고 노는 일
보이는 물건 훔친 것보다
더 큰 죄인 줄 알아야 하겠지

사랑을 전하며

하느님의 사랑을 전하기 위해
살아가는 인생이라면
말보다는 행동으로 베풀어야 해

아낌없이 베푸는 사랑
내 이웃 누구라도 내 주님 대하듯이
마음을 다해 사랑하노라면

생명의 나눔 되어
오래토록 가슴에 남는 사랑
감동을 주는 사랑

이 하나의 열매를 위하여
정성된 마음으로 실천하면서
온기를 전하는
따뜻한 사람으로 기억되리

사순절의 기도

수난의 피땀 흘리심 생각하며
화해와 용서 구하며
회개의 기도 드립니다

우리의 어리석음으로
깊은 바다 속을 허우적거릴 때마다
내 손을 잡으며 건져주시는 주님

날마다 그의 뜻대로 살기를
거듭 맹세를 하건만
뒤돌아서면 무너지는 날들

이 죄인 눈물로 회개하며
기도와 말씀으로
깨닫는 십자가의 신비
당신이 가신 사랑의 길
그 삶 안에서 지혜롭게 나누렵니다

가브리엘 대천사 20x26cm 목판에 에그 템페라

주님 찬미

동녘이 밝아오는 새벽하늘에
어둔 밤 뒷걸음치며 물러나니
별님도 달님도 빛을 잃더니
태양은 세상을 환히 비추네

주님께 겸손히 간구하오니
우리 맘 거룩하게 지켜주시며
세상의 욕심일랑 몰아내시고
마귀의 속임수도 막아주소서

남의 허물 탓하지 말고
넘치도록 먹고 마시지 말며
가난이 우리 힘을 약하게 말고
양심에 부끄러운 생활 하지 않도록
절제로 우리 마음 굳세게 하고
정결로 우리의 몸 깨끗이 하며
온전한 정신으로 마음을 다져

이 날을 주님 위해 바쳐드리자

사랑의 아버지와 거룩한 아들
위로자 성령께서 삼위일체로
영원히 살아계시며
만물을 사랑으로 다스리소서

십자가의 길

우리의 죄를 대속하신
예수님의 십자가
그 신비로움을 묵상하며
고난의 그 길 사랑하고 지키도록
날마다 은총을 내려주소서

진리의 길을 따라 이웃을 사랑하고
감사하고 봉사하며 기도하는 생활 속에
실천하는 믿음으로 세상의 빛 되게 하소서

세속의 온갖 유혹 나를 무너뜨려도
십자가 사랑 나를 지키리니
영혼의 빛을 따라 구원을 찾게 하소서

주님과 성 프란치스코 66x30cm 목판에 에그 템페라

야누스의 가면

사랑하는 마음만 있으면
기도하는 마음만 있으면
진심으로 통하는 줄 알았는데
모두가 내 마음 같지 않다

믿었던 것은 진실이 아니었고
보이는 것이 전부가 아닌
또 다른 가면 뒤의 얼굴을
나는 알 수 없었다

무엇을 보고
어느 것을 믿어야 하나
차라리 눈 감고 귀 닫고
아무 것도 보고 싶지 않을 때가 많다

믿음 안에서 살아가고자
수없이 되뇌며 다짐했어도

세상 사람들과 어울리다보면
나도 모르게 그들과 한 통속이 된다

어찌해야 하나
주님이시여 믿음으로
이 유혹들을 물리쳐
말씀과 기도로 바로 세우소서

주님의 사랑으로

주님에게 받은 무한한 사랑
나눠주고 베풀어야
영원한 복락의 나라로 들어갈 수 있으리

고난과 역경 속에서
넘어지고 깨어지더라도
한가닥 빛줄기를 바라보며
의지의 씨알들이 꽃으로 피워낼 때
비로소 빛이 되는 것을

믿음 없이는
들어갈 수 없는
그곳을 향해
말씀과 기도로 바로 서야하리

카스피해의 성모 20x26cm 목판에 에그 템페라

주는 나의 친구시라

주는 나의 친구이시니
늘 나와 동행하시고 인자한 음성 들려주시네

주의 손 잡고 걸으면
불안과 초조 없이 평화로운 마음

세상은 날 가만두지 않지만
나 괴로워 하면 달려오시는 분

절대로 간구하는 손 놓지 않으시는
주는 나의 사랑하는 동반자

내 영혼 빛속으로

자신을 내어주며
오롯이 주시는 사랑
사랑의 숲을 이루었네
어둡고 험한 세상에서
한줄기 빛을 찾아

기도의 자락마다
잠든 신앙 깨우는 신비의 명약
나를 살리는 기적이 되고
영원으로 가는
구원의 길이 되었네

어떤 날의 기도

청자색 하늘처럼 시리고 차가워
한조각 공유의 땅조차 없는 우리

진한 아픔으로 슬퍼하고 있는데
알고 보니 주님의 계획이었어

귀로에 놓인 자신을 알고부터
전율로 다가오는 긴장감

당신이 주신 삶
당신의 영광 위해 살게 하소서

당신의 사랑으로
부족한 저를 건져주소서

사도 안드레아 44x53cm 목판에 에그 템페라

이태리 성지순례

주님의 사랑에 이끌려
안개 속을 헤집고
만보 이상 걸어 온 나날들
걸음의 피곤은 은총의 강물로 흘러가고
축복이듯 따스하고 화창한 날
가는 곳마다 하느님 영광 드러낸
반짝이는 모자이크 장식들
날마다 거룩한 두 사제의 강론으로
새로운 마음 주님 앞으로 나아간다

두 손을 모으니 찬란한 빛부심 속에
하늘 문고리 잡으니 신비롭기만 하다
화려한 물건들로 가득 찬 가게들이
우리를 부르고 있지만 빈 영혼만이 맴돈다

영혼의 빛을 찾아 순례하는 성지마다
미사봉헌과 기도의 은총으로 채워져
사랑하고 감사하고 기도하면서

거룩한 두 사제의 보호아래
함께 함이 감사한 순례의 동반자들
주님 사랑의 위대한 찬양과 흠숭이
놀라운 예술로 승화되었음을 감탄하며
위대한 인간의 경지에 놀람을 금할 수 없다

세상과 인간을 창조하신 전지전능하신
하느님께 영광 돌리는 두 눈 속에
감사의 눈물이 멈출 줄 모른다

말하지 않아도 모두가 한마음의 빛
은혜 받은 환해진 모습들은
무한한 주님의 사랑
주님의 나라에 이르기까지
이 세상에 주어진 소명 다하며
은총의 십자가 기꺼이 지고 가리라
사랑하며 감사하며 봉사하며 기도하면서

부활의 기도

겟세마니의 고뇌에 찬 기도
피와 땀 흘리시며
십자가에 못 박혀 돌아가신

주님의 사랑을
기쁜 마음으로
주님께 더 가까이 나아가렵니다

새로이 태어나는 축복의 삶
부활의 신비 기쁨으로 깨달아
구원의 길로 가게 하시니
주님 주신 소명 받들어
주님과 동행합니다

옥좌의 그리스도 26x34cm 목판에 에그 템페라

하늘을 보라

슬플 때나
기쁠 때나
위로받고 싶을 때
세상의 길이신 주님께 의지합니다

사랑받고 싶을 때
용서할 수 없을 때
시기와 질투에 휘말릴 때에도
죄의 어둠에서 벗어나게 하는
생명 되신 주님만 의지합니다

우울이 찾아와 세상이 싫어질 때
온 세상의 빛이 되신
당신의 음성을 들으면
어지러운 생각들이 평온을 되찾게 됩니다

사랑이신 하느님

당신을 섬기듯
모든 사람들을 섬기며
우리 주님 걸으신 그 길에
빛이 되는 딸이 되게 하소서

단 한번의 여행길

주님께서 이끄시는
아름다운 순례의 길
단 한번뿐인 여행이지요

이곳저곳
주님의 발자취 겹쳐 걸으며
그동안 삶을 포기하고 싶을 만큼
고통을 감내하며
찬미 노래 부르며 포기하지 않았지요

이웃을 위해 선한 복 많이 지어
세상의 소풍길 끝나는 그날까지
고운 미소 지으며
주님만을 의지하렵니다

제4부

영혼의 빛을 찾아서

길의 인도자이신 성모님 40x50cm 목판에 에그 템페라

막다른 길

어둠이 짙을수록
캄캄한 미로 속의 삶
한가닥의 길을 찾아보지만
그 어디에도 없는 비상구
이 순간이 지나도록
자신을 돌아보며 잠잠히 지내야 하나

고통의 순간들을 벗어나려고
발버둥 치면 칠수록 빠져드는 늪
더 이상 길이 없을 때 주님을 찾으면
날 향해 내미는 그 분의 따사로운 손길

절망 속에서도 좌절하지 않고
일어설 수 있었던 건
무한하신 그 분의 사랑이
함께 하심이라

성모 나의 어머니

원죄 없으신 마리아
나의 어머니
사랑 가득 눈물 가득
간절히 기도드리오니
오늘도 빛이 되어
나의 어둠을 밝혀주시네

평범한 여인이신 마리아
우리들 어머니의 삶을
누구보다 잘 아시오니
우리의 힘든 사정
위로해주시옵소서

첫 신앙인 마리아여
이 마음 다하여 기도하오니
의지 약한 나의 맘을
굳게 잡아주소서

거룩한 동정녀 나의 어머니
장미꽃 송이 송이
당신 발아래 바치오니
당신의 자애로운 향기
온 세상에 피어나게 하소서

성모 마리아 20x26cm 목판에 에그 템페라

머나먼 여정

눈감고 있으면
기다리지 않는 시간을 봅니다

온몸으로 살아도
어떻게 거듭나야 옳은 것인지
불안한 현실 속에서
어디로부터 어디로 가는지
손가락 사이로 아득한 어둠만 보입니다

잃어버린 꿈을 되돌리기 위해
옆도 뒤도 보지 않고 달려온 지난 세월
더 깊은 곳으로 파고들면
때로는 하늘로 먼저 간 친구가 부럽습니다

앞으로 나아갈 수도 물러설 수도 없는
한 자리에 붙잡혀 애쓰는 삶의 옷자락
도전 하지 않으면 돌아갈 곳이 없기에

좌절과 포기도 할 수 없습니다

관계와 관계 속에서 언제나 상처는 나의 몫
많은 것을 바라지도 욕심내지도 않건만
하느님께서는 아무것도 기대지 말고
원하지도 말아야 한다는 말씀이신지요
고통의 심연에서 헤매이며 노력해도
앞이 보이지 않는 막연한 길목에서
아름다운 세상을 추구합니다

천국과 지옥을 넘나들면서
혼자인 것 같은 때가 너무도 많아
주님께 매달리며 함께 하시길 애원했고
초심을 잃지 말자 끝없이 되뇌며
눈물 삼키며 도전하는 길
머나먼 곳을 향해 가는 힘겨운 여정
당신께 더 가까이 다가가려 기도합니다

성모님께 드리는 기도

죄 없으신 동정녀시여
예리한 칼날에 찢어진 가슴 안고
지극히 평범한 여인으로서
차마 겪기 힘든 모든 고통을
순명으로 견디신 위대한 어머니시여

우리 여인들의 처지를 가장 잘 아시고
예수님께 전구해주시는 우리의 보호자시여
거룩하신 당신 발아래
장미꽃 송이송이 바쳐 드리오니
자애로운 눈으로 우리를 지켜주소서

슬픔에 싸인 우리들
당신 옷자락으로 감싸주시어
위로하여주소서

어려운 처지에도 당신 겸손 본받아
이 땅의 거룩한 어머니이게 하소서

미리내

저마다 빛을 내며
어둠을 밝히려는
소리 없는 아우성
영원을 노래하는 곳입니다

끝없는 나래 되어
아스라이 빛나는
은하 별 바다로
나도 몰래 따라가고 있습니다

이 밤 내 사랑도
신비롭게 흘러가고
수많은 은하수들 올려다보며
하느님 아버지의 큰 뜻을
깊이 새기는 밤이 행복합니다

명상

겟세마니 정원에서
고뇌에 잠겨 침묵으로 오신 이여

깊은 영혼의
울림 속에 사랑으로 오신 이여

고통의 열매
즐거운 선물이게 하시며

주님 사랑 깨닫게 하시니
지금 이 순간이 천국이라

성령의 오묘한 사랑의 힘
세상보다 주님을 따르게 하소서

예수 그리스도 20x26cm 목판에 에그 템페라

기도

십자가의 고난을 묵상하며
주님 가신 길 따르고자 합니다

사랑과 평화의 마음 주시어
말과 행동에 일치하여 평화를 얻게 하소서

늘 감사하는 마음으로
제 얼굴에 환한 미소가 번집니다

제 입술의 부드러운 말투가
늘 주님 말씀 전하게 하소서

이웃 위해 봉사하는 선행의 실천으로
주님의 향기 전하게 하소서

내 안의 허물을 돌아보고
세상을 위해 기도하게 하소서

영원을 좇아 그 분을 사랑하며

당신 따라 구원의 길 걷게 하소서

십자가의 성 바오로 창립자 대축일에

십자가 고난의 신비를
깨우쳐주신 성 바오로

주님 앞에 설 수 있는 용기주시고
성찰의 기도 바칠 수 있게 도와주소서

한평생 그 분 위해 살아갈 소명 주심에
침묵 속에 흐르는 감사의 눈물

십자가의 고난을 통해
신비적 죽음을 택한 성 바오로여

당신의 거룩한 신심 본받아
한평생 거룩한 뜻 따르오리다

2020년의 사순

새싹은 흙을 이고 춤을 추는데
고해 바다에서 허우적거리며
벗어날 수 없는 허다한 상황들
이 내 영혼 뒤흔드는 괴롬의 순간들

살아내야만 하는 세속의 십자가
코로나19로 무너지는 믿음의 세상

하느님 사랑 간구하는
용서와 눈물의 기도
구원의 빛 한줄기의 은총
부활로 향하는 십자가
신비의 참 뜻 몸소 알게 하였네

우리 모두 함께 사랑 모아 기도하며
모두 이겨내고 기쁜 부활을~

봉사의 기쁨

- 독거노인 식사대접봉사에서

머언 빗길 헤치며 달려간 전남 영광*
달리는 차창 밖엔
울 엄니 좋아하는 보리굴비가
한 소쿠리씩 가득 담겨 우리를 반기네

자식들 어디가고 홀로 사시는지
외로움과 슬픔에 주름진 모습
자식을 보는 듯 환한 미소
어깨춤 덩실덩실 추시며 우리를 반긴다

몸이야 힘들건 말건 땀이야 흐르건 말건
미소 가득 담아 드리는
사랑과 정성이 듬뿍 담긴 음식들

해맑게 웃는 어르신들을 보며
먼 길에 배고픔도 잊고
우리의 얼굴엔 미소가 번진다

성모 마리아 20x26cm 목판에 에그 템페라

영혼의 빛을 찾아서

덧없이 지나는 인생길
한없는 어둠속을 헤매다 지쳐 가고 있을 때
나를 안아주시고
흐르는 내 눈물 닦아주셨네

상처입어 아픈 마음 달래주시고
심연의 나락에서 일으켜주셨네
나의 빛 영원한 주님이시여
눈물 속에 흐르는 어리석은 지난날
속죄의 기도드릴 때 세상 것 모두 내려놓고
당신 뜻을 따라 내 영혼 평안히 쉬게 하시네
오! 나의 빛이신 영원한 사랑

블라디미르의 성모 16x19cm 목판에 에그 템페라

한해를 보내며

사랑하는 이들에게
고마움을 전하는
감사의 시간입니다

한 해 동안 받았던
사랑과 위로에 감사드리며
기도와 말씀으로 대신합니다

하는 일마다
지혜롭지 못함을 뉘우치며
날마다 겸손하게 살기를 원합니다

후회 없는 삶을 위해 버리고
비우고 낮추며
섬기는 자세로 살겠습니다

희망이 넘치는

새날을 위해
건강과 평화를 위해
간절히 기도합니다

성체 조배

경건한 마음 모아
고요히 그 분 앞에 엎드립니다
나의 힘으로 할 수 없는 일들
그 분의 능력에 힘을 얻어
무엇이든 할 수 있음을 믿기에
도전할 수 있는 용기를 냅니다
아무리 기도해도 응답 없는 일들은
내 힘으로 할 수 없는 일이라
그 분께서 침묵하심을 이제야 깨닫습니다
간절한 마음의 기도는
무엇이든 들어주심을 믿으며
인간의 힘으로 믿기 어려운
기적이라는 신비의 명약을 주십니다
온갖 악에서 불행에서 나를 구해주시는
그 분의 무한한 힘은
불안하고 험한 세상에서
평안과 행복을 주십니다

세상이 나를 슬프게 하여도
더 이상 슬프고 아프지 않습니다
오늘도 나의 발길 그 분 앞에 머물러
고요히 두 손 모아 감사의 기도 올립니다

유혹에 무너지지 않도록

내려놓고 살기로 했는데
모두 다 놓아야 되는 줄 아는데
아직도 그 무엇을 놓지 못하나

세상사 그 무슨 미련이기에
쉽사리 떨치지를 못하고
방황하고 있는 것일까

당신의 빛 안에 살기 원하나
내 안에 파고드는 온갖 유혹은
오늘도 괴롭히는 마성의 손길

솟아오르는 내면의 향기를
여지없이 무너져 내리게 하여도
오로지 당신께로 나아가렵니다

성녀 아네스 66x30cm 목판에 에그 템페라

기도하면서

아무것도 보이지 않는 어둠속에서
길 잃고 헤매는 순간 속에서도
당신만을 의지하고 따르며 기도합니다
내 영혼이 지쳐 쓰러질지라도
당신의 빛을 바라보면서
힘을 내어 일어나 따라갑니다
세상은 온통 절망 가운데
의지할 곳 없는 광막한 황야
저 멀리 비추는 희미한 빛을
이제는 확실히 믿고 따르는
구원의 빛임을 확신하면서
오로지 당신만을 따르렵니다

세상과 인생

천국과 지옥이 있다면
내 마음속에 있으므로
아픔 슬픔 기쁨 모두
자신이 만드는 것이리라

너무나 짧은 인생을 사는 우리
지옥을 만드는 나쁜 사람들
주님께 맡기고 미워하지 말며

버리고 비우고 잊어버리며
그분의 은총만을 생각하면서
은혜로운 삶으로 거듭나도록
날마다 기도에 힘을 써야 해

주님의 자비로

고통의 이유에서 벗어나
자유롭고 행복하기를 기도하오니
주님 제게 자비를 베푸소서

저에게 고통을 준 사람에게도
고통의 원인에서 벗어나
자유롭고 행복하기를 기도드리니
주님 우리에게 자비를 베푸소서

시와함께 시인선 024

김도연 제3시집

영혼의 숨결이 머무는 곳

발 행 2022년 11월 30일

지은이 김도연

펴낸이 양소망

펴낸곳 도서출판 넓은마루

주 소 (03132) 서울특별시 종로구 삼일대로 30길21, 1103호(낙원동, 종로오피스텔)

전 화 02-747-9897, 010-7513-8838

이메일 withpoem9@hanmail.net

출판등록 제2019호-000100호

인쇄 · 제본 (주)지엔피링크

ISBN 979-11-90962-26-1(04810) 979-11-90962-04-9 (세트)

값 18,000원